Daniela Kickl

Der Führer durch den österreichischen Wahlkampf 2019

Ist dir alles schnurzegal?
Natürlich nicht! Du gehst zur Wahl!

Bibliografische Information der Deutschen
Nationalbibliothek
Die Deutsche Nationalbibliothek verzeichnet diese Publikation in
der Deutschen Nationalbibliografie; detaillierte bibliografische
Daten sind im Internet über http://dnb.dnb.de abrufbar.

ISBN: 978 3-7494-5282-8

"Der Sinn des Lebens ist zu leben"

Agnes Heller

(1929 - 2019)

Wie konnte es soweit kommen ...

Ach, das waren noch Zeiten, als wir uns mit den türkis-blauen Helden entweder abgefrettet oder auch (ja, auch solche hat es wirklich gegeben) an selbigen erfreut haben!

Die Fans dieser Helden waren hauptsächlich deshalb so begeistert, weil diese doch eine Harmonie ausstrahlten, die es früher nicht gab. Statt Zwist und Streit, wie es von vielen aus dem Wahlvolk während der rot-schwarzen Koalition empfunden wurde, gab es fast nur harmonisches Miteinander.

Der türkis-blaue Gleichklang bekam erste Risse, als der damalige türkise Kanzler Sebastian Kurz beispielsweise zum Telefon greifen musste, um dem blauen Innenminister Herbert Kickl *"sehr klar die Meinung zu sagen"*[1]. Weil dieser doch im ORF Report Anfang 2019 fabuliert hatte:

"Denn ich glaube immer noch, dass der Grundsatz gilt, dass das Recht der Politik zu folgen hat und nicht die Politik dem Recht"

Dass derartige Unannehmlichkeiten für den Kanzler nicht ohne Folgen für das gesamte Harmonieklima bleiben würden, war abzusehen. Dennoch kam es einem Donnerschlag gleich, als am Freitag, 17. Mai 2019 unversehens ein Video auftauchte. Der nachmalige Vizekanzler HC *"Bumsti"* Strache war 2017 gemeinsam mit seinem (Partei)Freund Johann *"Joschi"* Gude-

---

[1]   *Kurz an Kickl: "Ich habe ihm sehr klar meine Meinung gesagt"* – diepresse.com, 24.01.2019

nus auf Ibiza gewesen, um dort die Republik gleichsam an eine nicht näher bekannte Oligarchennichte zu verscherbeln!

Wie es sich für ein Mindestniveau an Anstand gehört, sind die beiden Ibiza-Helden am nächsten Tag von ihren Ämtern zurückgetreten. Unser Bumsti trat also am Samstag, 18. Mai 2019 um 12:00 Mittags (high noon) ganz öffentlich vor die Fernsehkameras. Teilweise beinahe unter Tränen, als er sich beispielsweise bei seiner Gattin Philippa entschuldigte. Die Details zu diesen Ausschnitten der Ibiza-Geschichte wollen wir aber wohl alle eher nicht wissen.

Joschi ging ohne öffentliches Statement vor den Kameras, dafür aber ganz. Sprich: er trat nicht nur von allen Ämtern zurück, sondern auch aus der Partei aus.

Man hätte als geneigter Beobachter annehmen können, dass es das war. Die Ibiza-Helden haben ihre Rücktritts-Schuldigkeit getan und eigentlich sollte alles happy peppy sein. War es aber nicht. Eigentlich hatte seine Kürzlichkeit, der Kanzler Sebastian Kurz, ein Statement für 14:00 angekündigt. Man war davon ausgegangen, dass er sich bei den Ibiza-Helden irgendwie für den Rücktritt bedanken und eben mit der Regierung weitermachen würde.

Vor dem Bundeskanzleramt am Wiener Ballhausplatz hatte sich bereits eine hübsche Menschentraube gebildet, die zusehends größer und größer wurde.

Aber seine Kürzlichkeit erschien nicht. Kurz nach 15:00 wurden erste Gerüchte verbreitet, dass die ÖVP angeblich den Rücktritt von Herbert BIMAZ (*"Bester Innenminister aller Zeiten"*) Kickl fordere, die FPÖ aber an ihrem Mastermind festhält.

Um 19:45 schließlich bequemte sich seine Kürzlichkeit dann doch noch zu einer *"unglaublich staatsmännischen und gar nicht wahlkämpfenden"* Stellungnahme, in der er die Koalition aufkündigte. Danach ging es Schlag auf Schlag.

Noch an besagtem Samstag, 18. Mai 2019 informierte Kurz den Bundespräsidenten Alexander Van der Bellen über seine Pläne für die vorzeitige Auflösung des Parlaments.

Am Montag, 20. Mai 2019 bat Vizekanzler HC *"Bumsti"* Strache beim Bundespräsidenten schriftlich um die Enthebung aus seinem Amt.

Am Mittwoch, 22. Mai 2019 wurde der BIMAZ als erster Minister der Zweiten Republik aus dem Amt entlassen. Die FPÖ-Minister wurden auf eigenen Wunsch hin des Amtes enthoben.

Es ging dann rucki zucki, oder, wie wir seit dem Ibiza-Video auch gerne sagen, *"zack zack zack"*[2] weiter.

Gleichzeitig mit dem Verlassen der FPÖ-Regierungsmitglieder wurde am Mittwoch, 22. Mai 2019 eine neue Regierung angelobt.

---

2   *Mister "Zack, Zack, Zack" – eine Gefahr für den Journalismus –* derstandard.at, 23.05.2019

Mit vier Experten und alten Bekannten wie dem Finanzminister Hartwig Löger als neuem Vizekanzler und Frauenministerin Juliane Bogner-Strauß als neue Sportministerin.

Am Montag, 27. Mai 2019 um 16:14 Uhr wurde dieser Regierung aber von der Mehrheit im Nationalrat das Misstrauen ausgesprochen. Man könnte es auch als *"ultimative Version von Basti Ciao"*[3] bezeichnen. Der dazugehörige Antrag war von der SPÖ eingebracht und mit den Stimmen selbiger sowie der FPÖ und JETZT angenommen worden.

Am Mittwoch, 3. Juli 2019 schließlich wurde von der am Montag, 3. Juni 2019 eingesetzten neuen Bundesregierung mit der ersten Bundeskanzlerin Österreichs, Brigitte Bierlein, der neue Wahltermin fixiert: Sonntag, 29. September 2019.[4]

~ ~ ~

3   *Music4HumanRights singt "Basti Ciao", Wien, 19. Feb. 2019 –*
youtube.com, 19.02.2019
4   *Nationalratswahl 2019: Termin, Fakten, Umfrage zur Neuwahl –*
profil.at, 18.07.2019

Gründe für den vorliegenden Führer

Wir kriegen aus allen möglichen Medien alle möglichen und auch unmöglichen Informationen. Abgesehen davon, dass wir leider oft schon gar nimmer wissen, wem wir trauen können und wem eben nicht, ist es einfach auch die Fülle an Information, die es schwer macht, eine Entscheidung für die Wahl zu treffen. Der vorliegende Führer soll und kann hier ein wenig Abhilfe schaffen. Ging doch ein vorbereiteter Fragebogen direkt an die relevanten Parteien, an deren Antworten du dich im Folgenden erfreuen kannst.

Ein weiterer Grund für den hier vorliegenden Führer ist mein über die Jahre entstandener Eindruck, dass Parteien tendenziell nicht so volksnah sind, wie sie es gerne tun. Oder besser formuliert: meiner Ansicht nach sein sollten.

Man schreibt Parteien doch eher selten aus Fadesse an. Insofern erwarte ich mir doch (eh nur irgendwie) als Staatsbürgerin, dass auch geantwortet wird. Immerhin beziehen sowohl die Damen und Herren im Nationalrat als auch die Parteien selbst ihre Apanagen vom Steuerzahler. Von einer gewissen moralischen Verantwortung der *"Volksvertreter"* will ich erst gar nicht beginnen.

Auch höre ich immer wieder von Freunden und Bekannten, dass sie sich mit konkreten Problemen hilfesuchend an die eine oder auch andere Partei wenden und meistens genau nichts zurück bekommen.

Das alles hat mich dazu inspiriert, es selbst zu probieren. Also habe ich einen Fragebogen entworfen, den ich an alle Parteien geschickt habe, die entweder aktuell im Nationalrat vertreten sind oder aber laut Umfragen den Einzug in selbigen schaffen werden. Daraus folgt, dass es sechs Parteien sind, die zur Beantwortung meines Fragebogens eingeladen wurden. Alphabetisch sortiert sind das FPÖ, die Grünen, Liste JETZT, Neos, ÖVP und SPÖ.

Am Sonntag, 14. Juli 2019 um 11:42 habe ich also den Fragebogen per E-Mail an folgende Adressen verschickt:
bgst@fpoe.at, norbert.hofer@fpoe.at,
dialogbuero@gruene.at, werner.kogler@gruene.at,
office@partei.jetzt, maria.stern@partei.jetzt,
kontakt@neos.eu, beate.meinl@neos.eu,
team@sebastian-kurz.at, sebastian.kurz@oevp.at,
info@spoe.at, pamela.rendi-wagner@parlament.gv.at

Mit folgendem Text:

Sehr geehrte Partei-Damen und Herren,
sehr geehrte Damen Meinl-Reisinger, Rendi-Wagner und Stern,
sehr geehrte Herrn Hofer, Kogler und Kurz,

wie Sie vielleicht wissen, schreibe ich nicht nur Brieferl an den werten Cousin Herbert, sondern auch "Führer".
Das Wort "Führer" ist völlig zu Unrecht wegen des Einen, der sich so nennen ließ, in Verruf geraten. Ein Führer ist vielmehr auch, vor allem im vorliegenden Kontext, ein Ratgeber, Wegweiser oder Handbuch.

Nach dem "Führer durch den türkis-blauen Fasching" *und dem* "Führer durch den türkis-blauen Sommer" *gilt es nun, neue Regierungshelden auszumachen.*

Damit sich das teilweise verunsicherte Wahlvolk besser entscheiden kann, ersuche ich um Ausfüllen des beiliegenden Fragebogens. Je früher Sie diesen ausgefüllt retournieren, desto mehr Punkte erhält Ihre Partei. Details zur Punktevergabe werden auch mitgeschickt.

Sollten Sie die Frist (bis Sonntag, 22. Juli 23:59) ungenutzt verstreichen lassen, so wird der "Führer durch den österreichischen Wahlkampf 2019" *dennoch erscheinen. Allerdings in diesem Falle nicht mit Ihren Antworten, sondern mit jenen, die ich für Sie nach bestem Wissen und Gewissen geben werde (keine Sorge, es wird genau vermerkt, welche Fragen von wem beantwortet wurden).*

Nutzen Sie die Gelegenheit, sich den Wählern in einem nie dagewesenen Licht zu präsentieren!

Ich bedanke mich im Namen der österreichischen Wähler*innen schon jetzt sehr herzlich für Ihre Kooperation!

Herzliche Grüße,
Daniela Kickl

Konditionen und Bewertung

Neben dem Fragebogen selbst habe ich eben auch Teilnahme-bedingungen definiert. Es ist nur recht und billig, dass es gewisse Kriterien gibt, denen man folgen muss. Wir können schließlich auch nicht irgendwann zur Wahl gehen. Zur Punktevergabe hatte ich mir folgendes überlegt:

1) Engagement Teil 1
Wer als Erster das E-Mail beantwortet, bekommt 6 Punkte, der Zweite 5 usw. Der Letzte bekommt einen 1 Punkt.

2) Engagement Teil 2
Für jede beantwortete Frage gibt es einen Punkt. Wer meine Anfrage ignoriert bzw. Fragen nicht beantwortet, bekommt also weniger bis keine Punkte.

3) Ehrlichkeit
Manchmal hat man als Staatsbürger*in doch das Gefühl, dass uns mehr Show als Ehrlichkeit geboten wird. Ehrlichkeit ist aber wichtig, weil wir wollen doch nicht die Katze im Sack wählen. Die Partei, bei der mein persönliches Gefühl am stärksten ist, dass sie die Fragen ehrlich beantwortet hat, bekommt 6 Punkte. Diejenige, bei der mein Geflunkergefühl am größten ist, bekommt 1 Punkt.

Die Reihung in diesem Buch erfolgt nach Punkten: wer die wenigsten Punkte hat, wird als Erstes genannt, die Partei mit den meisten Punkten zuletzt.

Als zusätzlichen Service habe ich die wichtigsten Links in QR-Codes verpackt. Mit einem entsprechenden Reader am Handy oder Tablet kannst du so ganz bequem nachlesen.

Spannend bleibt jedenfalls bis zuletzt:
Wer hat den Fragebogen überhaupt ausgefüllt retourniert?
Wer ließ sich diese einmalige Gelegenheit entgehen und wer hat sie genutzt?
Und wie viele Punkte konnten ergattert werden?

Ich wünsche viel Vergnügen beim Studieren der Fragebögen und eine weise Entscheidung bei der Wahl!

PLATZ

Punkteanzahl : - 2

ÖVP

Wie schafft es eine Partei, in einem System, das eigentlich nur Pluspunkte vorsieht, sich dennoch dermaßen ungeschickt anzustellen, dass sie Minuspunkte erhält?

Nachdem ich noch am Sonntag, 14. Juli 2019 sowohl auf Twitter als auf Facebook alle Parteien sowie deren Vorsitzende informiert hatte, dass ich ein E-Mail für diesen Führer an sie gesandt hatte, bekam ich am Montag, 15. Juli 2019 von der Volkspartei via Twitter folgende Antwort:

"Liebe Daniela, kannst du uns bitte sagen, an welche E-Mail Adresse der Fragebogen geschickt wurde?"[5]

Ich war entzückt vor Verzückung. Zumindest schien sich irgendjemand aus der Social Media – Abteilung für mein Anliegen ernsthaft zu interessieren. Weshalb ich der Volkspartei erstens einen Bonuspunkt gegeben und zweitens promptest folgendes geantwortet habe:

"Ach, das ist nett, dass Ihr nachfragt 😊
es ging an team@sebastian-kurz.at und sebastian.kurz@oevp.at
wenn ich es woanders hinschicken soll, mache ich das gerne ...
auch eine PN ist möglich 😊 *"*

---

5   https://twitter.com/volkspartei/status/1150782622597091328

Natürlich habe ich geduldig gewartet. Dann jedoch, am Freitag, 19. Juli 2019, hat mich ein aufmerksamer Twitterant getaggt.

Und folgendes auf eine weitere Nachfrage der Volkspartei wegen einer E-Mail-Adresse geantwortet:

"Herst, ihr habt eure Mails aber auch nicht unter Kontrolle. Bei @Daniela_Kickl der gleiche Schmäh."[6]

Aha. So ist das also. Schmähhalber die Leute einlullen und so tun, als ob man sich interessieren würde. Und in Wirklichkeit kommt genau nix raus dabei. Nur – am Schmäh halten können wir uns selber, da brauchen wir nicht die Volkspartei dafür. Weshalb ich ihnen 3 Maluspunkte gegeben habe.

Sie hätten diesen Abzug locker wettmachen können, indem sie den Fragebogen ausgefüllt retourniert hätten. Haben sie aber nicht. Also bleibt der Saldo von Minus 2 Punkten und damit der letzte Platz.

Viel Vergnügen mit dem von mir selbst nach bestem Wissen und Gewissen ausgefüllten Fragebogen!

---

6   https://twitter.com/tho_mi/status/1152136977803857921

Fragebogen ÖVP

(ausgefüllt nach bestem Wissen und Gewissen
von Daniela Kickl)

Teil 1: Fragen an die Partei insgesamt

Frage 1: *Was waren die größten Leistungen der Partei zwischen 18. Dezember 2017 und 28. Mai 2019? Diese sind mit Links aus "gewissen Medien" zu belegen. Also entweder von Standard, Kurier oder Falter. Bedanken Sie sich dafür beim ehemaligen Innenminister!*

o *https://www.derstandard.at/story/2000081437523/ regierung-beschliesst-familienbonus-von-bis-zu-1500-euro*

Endlich können wir denen, die einen höheren Lebensstandard haben, auch mehr Geld für deren Kinder zukommen lassen.

o *https://kurier.at/politik/inland/12-stunden-tag-es-wird-verschaerfungen-geben/400315182*

Die Leute haben bis heute die Vorteile des 12-Stunden-Tages noch nicht ganz begriffen. Daran arbeiten wir noch.

o *https://www.falter.at/archiv/FALTER_2018041867BF45E-BE1/hartwig-loger*

Er hat sich wirklich bemüht, der Verfassung endlich auch ein ordentliches Ziel zu geben. Nämlich die Wirtschaft!

Frage 2: *Um mit Gernot Blümel zu sprechen ... Welchen Blödsinn hat die Partei zwischen 18. Dezember 2017 und 28. Mai 2019 verzapft?*

X   Wir verzapfen grundsätzlich keinen Blödsinn

o   Puuh, da gibt's so viel, wir wüssten nicht, wo beginnen

o   Das ist ja Blödsinn, was Sie da fragen!

o   Möglichkeit zur eigenen Antwort:

Frage 3: *Beschreiben Sie mit 3 Adjektiven, warum irgendein Wähler sein Kreuzerl ausgerechnet bei Ihrer Partei machen soll.*

Veränderungsaffin
Gegenwindresistent
Routenschließend

Frage 4: *Stellen Sie sich vor, Sie können EINE EINZIGE Maßnahme für Österreich umsetzen, die von den anderen Parteien nicht rückgängig gemacht werden kann. Welche wäre das und warum?*

X	**Wir führen die Monarchie ein und krönen den/die Vorsitzenden zum/zur Kaiser*in**
o	Wir lassen alle Ausländer ausweisen
o	Wir verschenken Tomatenpflanzen an alle, weil es dann keine Armut mehr gibt. Die dazu passenden Terrassen liefern wir bei Bedarf nach.
o	Möglichkeit zur eigenen Antwort:

Frage 5: *Stellen Sie sich vor, Sie müssten einen Abgeordneten zum Nationalrat Ihrer Partei gegen einen Abgeordneten zum Nationalrat einer anderen Partei tauschen. Wer sind die beiden und warum? Und schreiben Sie jetzt nicht, dass Sie das niemals tun würden, bitte!*

Sie wollten Ehrlichkeit, nicht wahr? Uns geht der Parteivorsitzende Sebastian Kurz schon ziemlich auf die Nerven. Wir täten fast jeden aus der FPÖ gegen ihn eintauschen. Der Norbert Hofer macht irgendwie einen besonders netten Eindruck.

Frage 6: *Unter welchen Umständen sollte ein/e Parteivorsitzende*r ganz sicher zurücktreten? (Mehrfaches Ankreuzeln ist möglich)*

X   **das kommt drauf an (z.B. auf die Partei)**

o   wenn er/sie lügt und es eh alle wissen

o   außer wegen irgendwelcher Videos eigentlich nie

o   wann immer es der Anstand gebieten würde

Frage 7: *Stellen Sie sich vor, Ihre Partei würde am 29. September 2019 die absolute Mehrheit schaffen. Wen würden Sie als Minister beim Bundespräsidenten vorschlagen?*

o   keine Ahnung, dazu fehlt uns wirklich die Phantasie

X   **da haben wir geheime Geheimpläne, die nicht verraten werden dürfen**

o   schau ma mal, dann seh ma scho

o   Möglichkeit zur eigenen Antwort:

Teil2: Fragen an den/die Parteivorsitzende*n

Frage 1: *Stellen Sie sich vor, Sie müssten ein Mitglied einer anderen Partei in der Ihren als Parteiobmann/Parteiobfrau-Stellvertreter engagieren! Wer wäre das und warum?*

Da nehme ich den Herbert Kickl. Der kann dann für uns schöne Reime machen.

"Lieber ganz türkis statt in Paris"
"Im Paradies scheint die Sonne türkis"
"Willst du Kies? Dann wähl türkis"

Frage 2: *Wie wir aus dem Brieferl No.177 wissen, scheint es Altkanzler Sebastian Kurz nicht gestört zu haben, vom nachmaligen und mittlerweile ehemaligen Vizekanzler HC "Bumsti" Strache "Ohrwaschlkaktus" genannt worden zu sein.*
Die Vermutung liegt nahe, dass Pflanzennamen in Politikerkreisen sehr en vogue sind, während man sich im gemeinen Fußvolk doch eher Tiernamen zu geben pflegt.
Als welche Pflanze sehen Sie sich am ehesten selbst?

Da nehme ich den Rittersporn. Der blüht auch mal schön türkis und wurde außerdem 2015 zur Giftpflanze des Jahres gewählt.

Frage 3: *Wer oder was nervt Sie an den anderen Parteien am meisten? Der Fairness halber in alphabetischer Reihenfolge (Sie können, müssen aber nicht die eigene Partei ausstreichen):*

Da brauch ich nix extra dazuzuschreiben. Die nerven mich alle. Es wird die Zeit kommen, da werde ich mich mit denen nimmer herumärgern müssen.

FPÖ -

Grüne -

JETZT -

NEOS -

SPÖ -

ÖVP -

Frage 4: *Sie sind Kandidat*in bei der Millionenshow und dürfen EINEN Telefonjoker haben. Dieser muss Chef einer anderen Partei sein. Wen nehmen Sie und warum?*

Muss das sein? Bevor ich mich auf irgendwen von denen verlasse, rufe ich lieber niemanden an.

Ach so – Momenterl ... Ich nehme den Norbert Hofer. Nicht, dass ich glaube, dass er so viel weiß. Aber ich kann den Gernot Blümel als IT-Experten neben ihn hinsetzen lassen und der googelt dann die Antworten. Ja, so mache ich das.

Meine Antwort lautet: Norbert Hofer. Streichen Sie das zuvor Geschriebene, bitte.

Frage 5: *Sie müssen für ein Charity-Event bei der Bühnenaufführung eine Rolle in der "Rocky Horror Picture Show" übernehmen! Welche wählen Sie und warum?*

Das kenne ich nicht. Außerdem gibt es für mich nur einen Part, der mir auf den türkisen Leib geschneidert ist, und das ist *"Jesus Christ Superstar"*. Umbenannt müsste das ganze Stück halt werden.

Frage 6 *Welches dieser Werke ist für Sie irgendwie obsolet und könnte locker entweder ersatzlos gestrichen oder zumindest durch eine neue Version ersetzt werden? (Mehrfaches Ankreuzeln ist möglich) Trauen Sie sich ruhig. Immerhin gibt es auch Punkte für Ehrlichkeit!*

o　　Die Bundeshymne (die ist so fad, da geht noch mehr)

X　　Die Verfassung (ist eh schon so alt)

o　　Die EMRK (zu europäisch)

X　　Möglichkeit zur eigenen Antwort:

Alle Gesetze und Verordnungen von vor dem Jahr 2000.[7] So wie es bereits im unserem grandiosen Regierungsprogramm zu finden war. Es kann nämlich nicht sein, dass die Altlasten der sozialistischen Vorgänger weiterhin Freiheit und Wohlstand für alle garantieren, während die Unternehmer und Reichen durch die abgemagerten Finger schauen müssen.

7　*"Überflüssige" Gesetze: Justizminister plant Deregulierungsoffensive* – kurier.at, 08.01.2018

Frage 7: *Bitte wählen Sie jeweils eine Alternative:*

o Pinky	oder	Brain o
o Romeo	oder	Julia o
o Edison	oder	Tesla o
o Spongebob	oder	Taddäus o
o Mozart	oder	Wagner o
o Scarlett	oder	Rhett o
o Stones	oder	Beatles o
o Starks	oder	Lannisters o

Da kann ich nix ankreuzen. Ich kenne mich nicht aus. Stellen Sie bitte beim nächsten Mal botmäßigere[8] Fragen!

---

8   *Schmutziger Kampf um den ORF* – sueddeutsche.de, 07.06.2018

PLATZ

Punkteanzahl : 0

FPÖ

Die soziale Heimatpartei, die Partei des vielzitierten kleines Mannes, war die EINZIGE Partei, von der genau NIX kam. Nix, Nada, Nothing, Rien.

Kein automatisiertes Antwort-E-Mail. Keine halbherzige Nachfrage auf Facebook oder Twitter. Einfach nur NIX.

Zumindest haben sie sich keine Minuspunkte eingehandelt, so wie der ehemalige Koalitionspartner. Das ist auch schon was wert.

Viel Vergnügen mit dem von mir selbst nach bestem Wissen und Gewissen ausgefüllten Fragebogen!

Fragebogen FPÖ
(ausgefüllt nach bestem Wissen und Gewissen
von Daniela Kickl)

Teil: Fragen an die Partei insgesamt

Frage 1: Was waren die größten Leistungen der Partei zwischen 18. Dezember 2017 und 28. Mai 2019? Diese sind mit Links aus "gewissen Medien" zu belegen. Also entweder von Standard, Kurier oder Falter. Bedanken Sie sich dafür beim ehemaligen Innenminister!

Wir möchten wissen, warum wir nicht unzensuriert, alles roger oder Metapedia zitieren dürfen! Aber bitte. Wir sind nicht so. Unsere Minister sind auch in den gewissen Medien gut vertreten!

https://www.falter.at/archiv/FALTER_201808017E30217D3D/ beate-hartinger-klein

Zumindest hat es dieser linkslinke Falter zusammengebracht, den Menschen zu erklären, dass 5 Euro pro Tag mehr als nur ausreichend für das tägliche Leben sind!

https://www.derstandard.at/story/2000086623328/fpoe-wehrsprecher-regt-besetzung-von-boden-in-nordafrika-an

Die geniale Idee der Besetzung Nordafrikas wurde ja wieder einmal von den linkslinken Medien völlig missverstanden.

https://kurier.at/politik/inland/asyl-1-euro-50-als-neuer-stundenlohn-fuer-fluechtlinge/400444831

Wenigstens der Kurier hatte halbwegs verstanden, dass die 1,50 Euro für Asylwerber mehr als üppig sind!

Frage 2: *Um mit Gernot Blümel zu sprechen ... Welchen Blödsinn hat die Partei zwischen 18. Dezember 2017 und 28. Mai 2019 verzapft?*

X **Wir verzapfen grundsätzlich keinen Blödsinn**
o Puuh, da gibt's so viel, wir wüssten nicht, wo beginnen
o Das ist ja Blödsinn, was Sie da fragen!
o Möglichkeit zur eigenen Antwort:

Frage 3: *Beschreiben Sie mit 3 Adjektiven, warum irgendein Wähler sein Kreuzerl ausgerechnet bei Ihrer Partei machen soll.*

Heimatliebend

Treu

Ehrenvoll

Frage 4: *Stellen Sie sich vor, Sie können EINE EINZIGE Maßnahme für Österreich umsetzen, die von den anderen Parteien nicht rückgängig gemacht werden kann. Welche wäre das und warum?*

o   Wir führen die Monarchie ein und krönen den/die Vorsitzenden zum/zur Kaiser*in

X   Wir lassen alle Ausländer ausweisen

o   Wir verschenken Tomatenpflanzen an alle, weil es dann keine Armut mehr gibt. Die dazu passenden Terrassen liefern wir bei Bedarf nach.

o   Möglichkeit zur eigenen Antwort:

Frage 5: Stellen Sie sich vor, Sie müssten einen Abgeordneten zum Nationalrat Ihrer Partei gegen einen Abgeordneten zum Nationalrat einer anderen Partei tauschen. Wer sind die beiden und warum? Und schreiben Sie jetzt nicht, dass Sie das niemals tun würden, bitte!

Wir verzichten auf den Christian Höbart. Nicht, weil wir ihn nicht mögen, sondern weil wir der Ansicht sind, dass er der SPÖ die *"Wadln ordentlich viere richten"* kann. Er soll seine neuen Parteifreunde mit in den Supermarkt nehmen und ihnen dort zeigen, wie die Marokkaner wirklich ticken. Dafür nehmen wir die Sabine Schatz. Die ist bei denen *"Bereichssprecherin für Erinnerungskultur"* und kann so tun, als ob sie ab sofort in der Historikerkommission mitarbeitet.

Frage 6: Unter welchen Umständen sollte ein/e Parteivorsitzende*r ganz sicher zurücktreten? (Mehrfaches Ankreuzen ist möglich)

X	**das kommt drauf an (z.B. auf die Partei)**
X	**wenn er/sie lügt und es eh alle wissen**
X	**außer wegen irgendwelcher Videos eigentlich nie**
o	wann immer es der Anstand gebieten würde

Wir finden Rücktritte ausnehmend schick. Wer sagt, dass nicht auch der Rücktritt vom Rücktritt möglich ist? In der Not kann man die Ehefrau in eine gute Position bringen.[9]

---

9   *Philippa Strache tritt bei der Nationalratswahl an* – nachrichten.at, 15.06.2019

Frage 7: *Stellen Sie sich vor, Ihre Partei würde am 29. September 2019 die absolute Mehrheit schaffen. Wen würden Sie als Minister beim Bundespräsidenten vorschlagen?*

o   keine Ahnung, dazu fehlt uns wirklich die Phantasie

X   **da haben wir geheime Geheimpläne, die nicht verraten werden dürfen**

o   schau ma mal, dann seh ma scho

o   Möglichkeit zur eigenen Antwort:

Teil2: Fragen an den/die Parteivorsitzende*n

Frage 1: *Stellen Sie sich vor, Sie müssten ein Mitglied einer anderen Partei in der Ihren als Parteiobmann/Parteiobfrau-Stellvertreter engagieren! Wer wäre das und warum?*

Sie werden sich noch wundern, was alles geht! Wir holen uns den Peter Pilz. Wir schicken ihm dann anonym und zack zack zack alle geheimen Dossiers zu, die wir über die ÖVP angelegt haben. So ist er beschäftigt und Herbert Kickl hat endlich Zeit, neue Reime für den anstehenden Wahlkampf zu dichten.

Frage 2: *Wie wir aus dem Brieferl No.177 wissen, scheint es Altkanzler Sebastian Kurz nicht gestört zu haben, vom nachmaligen und mittlerweile ehemaligen Vizekanzler HC "Bumsti" Strache "Ohrwaschlkaktus" genannt worden zu sein.*

Die Vermutung liegt nahe, dass Pflanzennamen in Politiker-
kreisen sehr en vogue sind, während man sich im gemeinen
Fußvolk doch eher Tiernamen zu geben pflegt.
Als welche Pflanze sehen Sie sich am ehesten selbst?

Als Enzian natürlich. Weil der blüht blau, blau, blau dieser
Enzian ... dideldideldum, dideldideldei ...

Frage 3: *Wer oder was nervt Sie an den anderen Parteien am*
meisten? Der Fairness halber in alphabetischer Reihenfolge
(Sie können, müssen aber nicht die eigene Partei ausstreichen):

~~FPÖ~~

Grüne – bei denen nervt mich alles. ALLES!

JETZT – eigentlich nix, weil sie sind eh weg vom Fenster

NEOS – Die Reindl-Meisinger[10]

SPÖ – eigentlich eh nix mehr

ÖVP – also das beginnt damit, dass sie den Besten Innenminister aller Zeiten vor die Türe gesetzt haben. Mehr will ich gar
nicht schreiben, sonst platzt der Fragebogen.

---

10   https://www.facebook.com/watch/?v=2186857321377018

Frage 4: *Sie sind Kandidat*in bei der Millionenshow und dürfen EINEN Telefonjoker haben. Dieser muss Chef einer anderen Partei sein. Wen nehmen Sie und warum?*

Da nehme ich die Pamela Rendi-Wagner. Die ist Ärztin und kann zumindest bei medizinischen Fragen helfen.

Frage 5: *Sie müssen für ein Charity-Event bei der Bühnenaufführung eine Rolle in der "Rocky Horror Picture Show" übernehmen! Welche wählen Sie und warum?*

Ich nehme die Rolle des Erzählers, G'schichtldruckers wie man so sagt. Da fühle ich mich am besten aufgehoben.
Außerdem singt der faktisch nix, wenn ich mich richtig erinnere. Ich singe schließlich auch sehr selten. Schon gar nicht aus Liederbüchern.[11]

Frage 6 Welches dieser Werke ist für Sie irgendwie obsolet und könnte locker entweder ersatzlos gestrichen oder zumindest durch eine neue Version ersetzt werden? (Mehrfaches Ankreuzeln ist möglich) Trauen Sie sich ruhig. Immerhin gibt es auch Punkte für Ehrlichkeit!

o   Die Bundeshymne (die ist so fad, da geht noch mehr)
X   Die Verfassung (ist eh schon so alt)
X   Die EMRK (zu europäisch)
o   Möglichkeit zur eigenen Antwort:

---

11   *Liederbuch-Affäre: Seiten müssen herausgeschnitten werden –* diepresse.com, 30.04.2019

Frage 7: *Bitte wählen Sie jeweils eine Alternative:*

o Pinky	oder	Brain o
o Romeo	oder	Julia o
o Edison	oder	Tesla o
o Spongebob	oder	Taddäus o
o Mozart	oder	**Wagner X**
o Scarlett	oder	Rhett o
o Stones	oder	Beatles o
o Starks	oder	**Lannisters X**

Ich habe das angekreuzt, wo ich mich auskenne. Ich gehe davon aus, dass das genügt!

PLATZ

Punkteanzahl : 0,5

JETZT - Liste Pilz

Eigentlich bin ich davon ausgegangen, dass sich auch die relativ volksnah anmutende Partei JETZT die Chance der eigenen Präsentation nicht entgehen lassen wird.

Meine Zuversicht wurde ein klein wenig bestärkt, als ich am Dienstag, 16. Juli um 14:03 folgende Antwort von JETZT erhielt:

Sehr geehrte Frau Kickl!

Vielen herzlichen Dank für Ihre Mail, die wir gerne aufnehmen.

Mit besten Grüßen,

Partei JETZT - Liste Pilz

Gut, sowohl Stil als auch Inhalt ließen ein wenig zu wünschen übrig, aber immerhin war es eine Antwort.
Dafür gab es dann auch einen halben Bonuspunkt.

Bei diesem halben Bonuspunkt blieb es dann aber auch. Denn danach kam nichts mehr. Macht nichts. So habe ich eben den Fragebogen für sie ausgefüllt.

Viel Vergnügen mit dem, von mir selbst nach bestem Wissen und Gewissen ausgefüllten Fragebogen!

Fragebogen JETZT
(ausgefüllt nach bestem Wissen und Gewissen
von Daniela Kickl)

Teil: Fragen an die Partei insgesamt

Frage 1: Was waren die größten Leistungen der Partei zwischen 18. Dezember 2017 und 28. Mai 2019? Diese sind mit Links aus "gewissen Medien" zu belegen. Also entweder von Standard, Kurier oder Falter. Bedanken Sie sich dafür beim ehemaligen Innenminister!

Unsere Leistungen bestehen grundsätzlich darin, die anderen zu kontrollieren.

https://www.derstandard.at/story/2000066068342/gruener-totalabsturz-pilz-schafft-einzug

Die größte aller Errungenschaften war zweifelsohne, dass WIR es 2017 geschafft haben und die Grünen nicht.

https://www.derstandard.at/story/2000097372604/bvt-affaere-gericht-wies-klage-kickls-gegen-pilz-ab

Ein Sittenbild der Republik. Wie Peter Pilz schon damals gesagt hatte: *"der Knebelungsversuch des Innenministers ist am österreichischen Rechtsstaat gescheitert"*

https://kurier.at/politik/inland/eurofighter-warum-pilz-airbus-von-allen-geschaeften-ausschliessen-will/400085993

Aufdecken, Aufdecken, Aufdecken – auch im Eurofighter Untersuchungsausschuß

Frage 2: *Um mit Gernot Blümel zu sprechen ... Welchen Blödsinn hat die Partei zwischen 18. Dezember 2017 und 28. Mai 2019 verzapft?*

o   Wir verzapfen grundsätzlich keinen Blödsinn

o   Puuh, da gibt's so viel, wir wüssten nicht, wo beginnen

o   Das ist ja Blödsinn, was Sie da fragen!

X   **Möglichkeit zur eigenen Antwort:**

Wo sollen wir da beginnen? Sagen wir mal so: personell hatten wir nicht das allerglücklichste Händchen.

Frage 3: *Beschreiben Sie mit 3 Adjektiven, warum irgendein Wähler sein Kreuzerl ausgerechnet bei Ihrer Partei machen soll.*

Jetzt
Peter
Pilz

Frage 4: *Stellen Sie sich vor, Sie können EINE EINZIGE Maßnahme für Österreich umsetzen, die von den anderen Parteien nicht rückgängig gemacht werden kann. Welche wäre das und warum?*

o Wir führen die Monarchie ein und krönen den/die Vorsitzenden zum/zur Kaiser*in

o Wir lassen alle Ausländer ausweisen

o Wir verschenken Tomatenpflanzen an alle, weil es dann keine Armut mehr gibt. Die dazu passenden Terrassen liefern wir bei Bedarf nach.

o Möglichkeit zur eigenen Antwort:

Wir täten so viel machen, dafür reicht der Fragebogen leider nicht.

Frage 5: *Stellen Sie sich vor, Sie müssten einen Abgeordneten zum Nationalrat Ihrer Partei gegen einen Abgeordneten zum Nationalrat einer anderen Partei tauschen. Wer sind die beiden und warum? Und schreiben Sie jetzt nicht, dass Sie das niemals tun würden, bitte!*

Wir haben niemanden mehr zum tauschen. Die sind irgendwie alle weg.

Frage 6: *Unter welchen Umständen sollte ein/e Parteivorsitzende*r ganz sicher zurücktreten? (Mehrfaches Ankreuzeln ist möglich)*

o   das kommt drauf an (z.B. auf die Partei)

o   wenn er/sie lügt und es eh alle wissen

o   außer wegen irgendwelcher Videos eigentlich nie

X   **wann immer es der Anstand gebieten würde**

Frage 7: *Stellen Sie sich vor, Ihre Partei würde am 29. September 2019 die absolute Mehrheit schaffen. Wen würden Sie als Minister beim Bundespräsidenten vorschlagen?*

o   keine Ahnung, dazu fehlt uns wirklich die Phantasie

o   da haben wir geheime Geheimpläne, die nicht verraten werden dürfen

o   schau ma mal, dann seh ma scho

X   **Möglichkeit zur eigenen Antwort:**

Bitte uns jetzt hier nicht pflanzen, wenn es geht. Danke!

Teil 2: Fragen an den/die Parteivorsitzende*n

Frage 1: *Stellen Sie sich vor, Sie müssten ein Mitglied einer anderen Partei in der Ihren als Parteiobmann/Parteiobfrau-Stellvertreter engagieren! Wer wäre das und warum?*

Nein danke. Sie müssen verstehen, dass es nur einen geben kann, und der heißt Peter Pilz.

Frage 2: *Wie wir aus dem Brieferl No.177 wissen, scheint es Altkanzler Sebastian Kurz nicht gestört zu haben, vom nachmaligen und mittlerweile ehemaligen Vizekanzler HC "Bumsti" Strache "Ohrwaschlkaktus" genannt worden zu sein.*
Die Vermutung liegt nahe, dass Pflanzennamen in Politikerkreisen sehr en vogue sind, während man sich im gemeinen Fußvolk doch eher Tiernamen zu geben pflegt.
Als welche Pflanze sehen Sie sich am ehesten selbst?

Das fragen Sie mich? Den Peter Pilz? Nächste Frage bitte ...

Frage 3: *Wer oder was nervt Sie an den anderen Parteien am meisten? Der Fairness halber in alphabetischer Reihenfolge (Sie können, müssen aber nicht die eigene Partei ausstreichen):*

FPÖ – Sie meinen die Umfallerpartei?[12]

Grüne – Außer, dass die mich faktisch vor die Tür gesetzt haben? Eh nix.

JETZT – Die Mitarbeiter und Kollegen. Wenn ich könnte, tät ich lieber alles ganz alleine machen.

NEOS – Die übertreffen sowieso jede Karikatur[13]

SPÖ – Die sind vom politischen Islam unterwandert und das nervt ungemein[14]

ÖVP – siehe SPÖ

---

12   https://www.facebook.com/watch/?v=178805377457176I
13   https://partei.jetzt/peter-pilz-neos-uebertreffen-karikatur/
14   *Pilz sieht ÖVP und SPÖ durch politischen Islam unterwandert* – kurier.at, 03.03.2019

Frage 4: *Sie sind Kandidat*in bei der Millionenshow und dürfen EINEN Telefonjoker haben. Dieser muss Chef einer anderen Partei sein. Wen nehmen Sie und warum?*

Ich nominiere den Norbert Hofer. Und den Telefonjoker werde ich sicherlich nicht verwenden. Danke.

Frage 5: *Sie müssen für ein Charity-Event bei der Bühnenaufführung eine Rolle in der "Rocky Horror Picture Show" übernehmen! Welche wählen Sie und warum?*

Wer hat denn dort das Sagen? Wer immer das ist, den oder die nehme ich!

Frage 6 *Welches dieser Werke ist für Sie irgendwie obsolet und könnte locker entweder ersatzlos gestrichen oder zumindest durch eine neue Version ersetzt werden? (Mehrfaches Ankreuzeln ist möglich) Trauen Sie sich ruhig. Immerhin gibt es auch Punkte für Ehrlichkeit!*

o   Die Bundeshymne (die ist so fad, da geht noch mehr)
o   Die Verfassung (ist eh schon so alt)
o   Die EMRK (zu europäisch)
X   **Möglichkeit zur eigenen Antwort:**

Alles, was mit Parteispenden und Untersuchungsausschüssen zu tun hat, sollte erst mal weggeworfen und dann von mir neu geschrieben werden.

Frage 7: *Bitte wählen Sie jeweils eine Alternative:*

X Pinky	oder	Brain o
X Romeo	oder	Julia o
o Edison	oder	**Tesla X**
X Spongebob	oder	Taddäus o
o Mozart	oder	**Wagner X**
o Scarlett	oder	**Rhett X**
X Stones	oder	Beatles o
X Starks	oder	Lannisters X

PLATZ

Punkteanzahl : 1

SPÖ

Die SPÖ hat, wie man so sagt, stark anfangen um dann noch stärker nachzulassen. Aber der Reihe nach.

Noch am selben Tag, an dem ich den Fragebogen verschickt habe, kam als allererste Antwort eine von der SPÖ. Gut, sie war automatisiert, aber immerhin bekam ich eine Anfragenummer. Eine eigene, persönliche Anfragenummer!

Betreff: Herzlichen Dank für die E-Mail an die SPÖ! [Anfrage#......]

Guten Tag!

Vielen Dank für die E-Mail und das Interesse an der SPÖ.

Feedback ist für unsere Arbeit unabdinglich. Wir haben die Nachricht erhalten und werden die verantwortlichen Ortsorganisationen, FunktionärInnen und Referate umgehend über Wünsche und Anregungen informieren.

Auf konkrete Fragen wird sich das Team des SPÖ Mitglieder- und Servicebüros in den nächsten Tagen melden.

Das SPÖ Mitglieder- und Servicebüro ist auch telefonisch werktags von Montag bis Donnerstag von 09:00 Uhr bis 17:00 Uhr und Freitag von 09:00 Uhr bis 15:00 Uhr in der Löwelstraße unter 01 39 10 200 erreichbar.

Alle Informationen über die SPÖ stehen auch online rund um die Uhr zur Verfügung:

Informationen zur SPÖ Bundespartei finden sie unter:
https://spoe.at
Die SPÖ Landesorganisationen und ihre Web-Adressen sind
unter https://www.spoe.at/das-sind-wir/spoe-in-den-bundes-
laendern/ aufgelistet.

Unsere BereichssprecherInnen im Parlament findet man unter
https://www.spoe.at/die-spoe-bereichssprecherinnen/

Und unsere Vorsitzende finden Sie auf Facebook unter https://
www.facebook.com/pamela.rendi.wagner/

Mit freundlichen Grüßen aus der Löwelstraße,
Das Team des SPÖ Mitglieder- und Servicebüros!

Der Satz "Auf konkrete Fragen wird sich das Team des SPÖ
Mitglieder- und Servicebüros in den nächsten Tagen melden"
machte mir Hoffnung. Immerhin hatte ich nicht nur eine,
sondern sogar 14 mehr als nur konkrete Fragen geschickt.

Sie bekamen selbstverständlich sofort einen Bonuspunkt für
die Antwort. Auch wenn sie nur automatisiert war. Aber immerhin mit Anfragenummer!

Nun denn ... Dabei blieb es dann auch. Weshalb auch der Fra-
gebogen für die SPÖ von mir selbst nach bestem Wissen und
Gewissen ausgefüllt wurde.
Viel Spaß dabei!

Fragebogen SPÖ
(ausgefüllt nach bestem Wissen und Gewissen
von Daniela Kickl)

Teil1: Fragen an die Partei insgesamt

Frage 1: *Was waren die größten Leistungen der Partei zwischen 18. Dezember 2017 und 28. Mai 2019? Diese sind mit Links aus "gewissen Medien" zu belegen. Also entweder von Standard, Kurier oder Falter. Bedanken Sie sich dafür beim ehemaligen Innenminister!*

https://www.derstandard.at/story/2000103858458/spoe-legt-sich-auf-misstrauen-gegen-regierung-fest

Unser größter Verdienst ist mit Sicherheit, dass wir den Misstrauenantrag gegen die gesamte Regierung eingebracht haben. Nicht halbherzig nur gegen den Kanzler, wie es JETZT getan hat, sondern eben gegen die gesamte Mannschaft.

https://www.falter.at/archiv/
FALTER_20190710F9A86AA68E/in-welchen-medien-fpo-ministerien-inserierten

Dank unserer Sabine Schatz, deren Nachname Programm ist, weiß die Bevölkerung, in welchen hetzerischen rechten Medien die türkis-blaue Regierung inseriert hatte.

https://kurier.at/politik/inland/gerichtsentscheid-kurz-darf-spoe-nicht-in-verbindung-mit-ibiza-video-bringen/400539196

Wir haben dem Altkanzler eine einstweilige Verfügung aufbrummen können und jetzt darf er nimmer sagen, dass die SPÖ hinter dem Ibiza-Video steckt.

Frage 2: *Um mit Gernot Blümel zu sprechen ... Welchen Blödsinn hat die Partei zwischen 18. Dezember 2017 und 28. Mai 2019 verzapft?*

o   Wir verzapfen grundsätzlich keinen Blödsinn

o   Puuh, da gibt's so viel, wir wüssten nicht, wo beginnen

o   Das ist ja Blödsinn, was Sie da fragen!

X   Möglichkeit zur eigenen Antwort:

Der Christian Kern hätte nicht zurücktreten sollen.

Frage 3: *Beschreiben Sie mit 3 Adjektiven, warum irgendein Wähler sein Kreuzerl ausgerechnet bei Ihrer Partei machen soll.*

Sozial

Demokratisch

Fair

Frage 4: *Stellen Sie sich vor, Sie können EINE EINZIGE Maßnahme für Österreich umsetzen, die von den anderen Parteien nicht rückgängig gemacht werden kann. Welche wäre das und warum?*

o   Wir führen die Monarchie ein und krönen den/die Vorsitzenden zum/zur Kaiser*in

o   Wir lassen alle Ausländer ausweisen

o   Wir verschenken Tomatenpflanzen an alle, weil es dann keine Armut mehr gibt. Die dazu passenden Terrassen liefern wir bei Bedarf nach.

X   **Möglichkeit zur eigenen Antwort:**

Wir setzen die Bemessungsgrundlage für Pensionen wieder auf die 15 besten Jahre zurück.[15] Damit schicken wir die Pensionsreform unter schwarz-blau im Jahr 2003 dorthin, wo sie hingehört, nämlich ins Nirvana.

---

15   *SPÖ-Vorstoß für Kippen von Schüssels Pensionsreform –*
       wienerzeitung.at, 05.07.2019

Frage 5: *Stellen Sie sich vor, Sie müssten einen Abgeordneten zum Nationalrat Ihrer Partei gegen einen Abgeordneten zum Nationalrat einer anderen Partei tauschen. Wer sind die beiden und warum? Und schreiben Sie jetzt nicht, dass Sie das niemals tun würden, bitte!*

Wir tauschen unseren Mario Lindner, der für Gleichbehandlung, Diversität und LGBTIQ zuständig ist. Und zwar gegen den Maximilian Linder von der FPÖ.

Der FPÖ wird das vermutlich erst einmal gar nicht auffallen, wegen der Namensgleichheit.

Unser Mario kann dann die dort herrschende Homophobie in Angriff nehmen und der neue Lindner bei uns wird schon einfach immer brav mitstimmen.

Frage 6: *Unter welchen Umständen sollte ein/e Parteivorsitzende*r ganz sicher zurücktreten? (Mehrfaches Ankreuzeln ist möglich)*

o   das kommt drauf an (z.B. auf die Partei)

o   wenn er/sie lügt und es eh alle wissen

o   außer wegen irgendwelcher Videos eigentlich nie

X   wann immer es der Anstand gebieten würde

Frage 7: *Stellen Sie sich vor, Ihre Partei würde am 29. September 2019 die absolute Mehrheit schaffen. Wen würden Sie als Minister beim Bundespräsidenten vorschlagen?*

o   keine Ahnung, dazu fehlt uns wirklich die Phantasie

o   da haben wir geheime Geheimpläne, die nicht verraten werden dürfen

o   schau ma mal, dann seh ma scho

X   **Möglichkeit zur eigenen Antwort:**

Auf jeden Fall wird unsere Pamela Rendi-Wagner Kanzlerin. Den Rest schauen wir uns dann an.

Teil2: Fragen an den/die Parteivorsitzende*n

Frage 1: *Stellen Sie sich vor, Sie müssten ein Mitglied einer anderen Partei in der Ihren als Parteiobmann/Parteiobfrau-Stellvertreter engagieren! Wer wäre das und warum?*

Da nehme ich den Werner Kogler. Der ist wortgewandt und kann die Umweltthemen gut bei uns vertreten.

Frage 2: *Wie wir aus dem Brieferl No.177 wissen, scheint es Altkanzler Sebastian Kurz nicht gestört zu haben, vom nachmaligen und mittlerweile ehemaligen Vizekanzler HC "Bumsti" Strache "Ohrwaschlkaktus" genannt worden zu sein.*
Die Vermutung liegt nahe, dass Pflanzennamen in Politikerkreisen sehr en vogue sind, während man sich im gemeinen Fußvolk doch eher Tiernamen zu geben pflegt.

Als welche Pflanze sehen Sie sich am ehesten selbst?

Pamela ist ursprünglich aus den beiden griechischen Worten *"pan"* für *"alles, ganz"* und *"meli"* für *"Honig"* zusammengesetzt. Deshalb bin ich eine Akazie, deren Honig sehr beliebt ist.

Frage 3: *Wer oder was nervt Sie an den anderen Parteien am meisten? Der Fairness halber in alphabetischer Reihenfolge (Sie können, müssen aber nicht die eigene Partei ausstreichen):*

FPÖ – die nerven grundsätzlich, sind aber manchmal dann doch auch kooperativ und denken mit

Grüne – Zu viele Umweltthemen

JETZT – Bald nix mehr

NEOS – Die neoliberalen Ansichten

SPÖ – Wir machen es uns oft selbst schwer

ÖVP – Eine einzige Nerverei

Frage 4: *Sie sind Kandidat*in bei der Millionenshow und dürfen EINEN Telefonjoker haben. Dieser muss Chef einer anderen Partei sein. Wen nehmen Sie und warum?*

Ich nehme die Beate Meinl-Resinger. Geballte Frauenpower!

Frage 5: *Sie müssen für ein Charity-Event bei der Bühnenaufführung eine Rolle in der "Rocky Horror Picture Show" übernehmen! Welche wählen Sie und warum?*

Ich nehme die Magenta, das klingt ähnlich wie Pamela.

Frage 6 *Welches dieser Werke ist für Sie irgendwie obsolet und könnte locker entweder ersatzlos gestrichen oder zumindest durch eine neue Version ersetzt werden? (Mehrfaches Ankreuzeln ist möglich) Trauen Sie sich ruhig. Immerhin gibt es auch Punkte für Ehrlichkeit!*

o   Die Bundeshymne (die ist so fad, da geht noch mehr)
o   Die Verfassung (ist eh schon so alt)
o   Die EMRK (zu europäisch)
X   Möglichkeit zur eigenen Antwort:

Wie bereits erwähnt: die schwarz-blaue Pensionsreform 2003.

Frage 7: *Bitte wählen Sie jeweils eine Alternative:*

o Pinky	oder	**Brain X**
o Romeo	oder	**Julia X**
o Edison	oder	**Tesla X**
X Spongebob	oder	Taddäus o
X Mozart	oder	Wagner o
X Scarlett	oder	Rhett o
o Stones	oder	**Beatles X**
X Starks	oder	Lannisters o

PLATZ

Punkteanzahl : 25

NEOS

Zu meiner großen Freude habe ich am Donnerstag, 18. Juli 2019 um 17: 34 den Fragebogen der NEOS mit folgendem Text übermittelt bekommen:

Sehr geehrte Frau Kickl,

ich darf Ihnen im Anhang den beantworteten Fragebogen von NEOS und Beate Meinl-Reisinger schicken.

Mit freundlichen Grüßen
Büro Klubobfrau Beate Meinl-Reisinger
NEOS Parlamentsklub
<u>Anmerkung:</u> den Namen der Dame lasse ich wegen Wahrung der Persönlichkeit weg. Aber es war einer dabei!

Damit hatten sie schon einmal 5 Punkte ergattert, denn sie waren die zweite Partei, die gesendet hatte.
6 weitere Punkte gab es für den Faktor *"Ehrlichkeit"*. Ja, ich habe den Eindruck, dass der Fragebogen sehr ehrlich ausgefüllt worden war.
Jede der 14 Fragen wurde beantwortet, weshalb es zur Gesamtpunktezahl von 25 kommt.

Viel Vergnügen mit den Antworten der NEOS bzw. Beate Meinl-Reisinger!

Fragebogen NEOS
(tatsächlich und wahrhaftig
von der Partei SELBST ausgefüllt)

Teil: Fragen an die Partei insgesamt

Frage 1: *Was waren die größten Leistungen der Partei zwischen 18. Dezember 2017 und 28. Mai 2019? Diese sind mit Links aus "gewissen Medien" zu belegen. Also entweder von Standard, Kurier oder Falter. Bedanken Sie sich dafür beim ehemaligen Innenminister!*

o   Falter, Barbara Tóth mit Link zu unserem Dossier *"Russian Connections to the far right in Europe"* – zwei Tage vor *"Ibiza"*:

https://www.falter.at/archiv/FALTER_201905159F77CA3F96/putins-bestes-blaues-trojanisches-pferd

o Standard, Marie-Theres Egyed über die Augenauswischerei beim neuen Gesetz zur Parteienfinanzierung und wie Vereins-konstruktionen nach wie vor möglich sind:

https://www.derstandard.at/story/2000106014820/meinl-reisinger-zu-parteifinanzen-das-gesetz-ist-ja-augenauswischerei

o Kurier, Dominik Schreiber und Kid Möchl über Enthül-lungen von Steffi Krisper im Rahmen des BVT U-Ausschusses:

https://kurier.at/politik/inland/causa-bvt-wurden-belastungs-zeugen-vom-innenministerium-auf-aussagen-vorbereitet/ 400063841

Frage 2: *Um mit Gernot Blümel zu sprechen ... Welchen Blödsinn hat die Partei zwischen 18. Dezember 2017 und 28. Mai 2019 verzapft?*

o   Wir verzapfen grundsätzlich keinen Blödsinn

o   Puuh, da gibt's so viel, wir wüssten nicht, wo beginnen

o   Das ist ja Blödsinn, was Sie da fragen!

x   **Möglichkeit zur eigenen Antwort:**

Zapfen tut man Bier ;-) und da haben wir nicht mitgezählt. Prinzipiell halten wir's aber mit der Wahrheit. Damit sind wir immer gut unterwegs.

Frage 3: *Beschreiben Sie mit 3 Adjektiven, warum irgendein Wähler sein Kreuzerl ausgerechnet bei Ihrer Partei machen soll.*

mutig,
ehrlich,
freiheitsliebend

Frage 4: *Stellen Sie sich vor, Sie können EINE EINZIGE Maßnahme für Österreich umsetzen, die von den anderen Parteien nicht rückgängig gemacht werden kann. Welche wäre das und warum?*

o   Wir führen die Monarchie ein und krönen den/die Vorsitzenden zum/zur Kaiser*in

o   Wir lassen alle Ausländer ausweisen

o   Wir verschenken Tomatenpflanzen an alle, weil es dann keine Armut mehr gibt. Die dazu passenden Terrassen liefern wir bei Bedarf nach.

x   **Möglichkeit zur eigenen Antwort:**

Eine Schulreform samt Schulautonomie, die ihren Namen auch tatsächlich verdient hat, um den Menschen ein selbstbestimmtes Leben entlang ihrer Talente und Möglichkeiten zu bieten. Das ist die größte Waffe gegen Rassismus und Vorurteile, im Kampf gegen den Klimawandel und für wirtschaftlichen Erfolg ohne Freunderl und Korruption.

Frage 5: Stellen Sie sich vor, Sie müssten einen Abgeordneten zum Nationalrat Ihrer Partei gegen einen Abgeordneten zum Nationalrat einer anderen Partei tauschen. Wer sind die beiden und warum? Und schreiben Sie jetzt nicht, dass Sie das niemals tun würden, bitte!

Würden wir natürlich nicht machen. Aber ein nettes Gedankenspiel wäre ja, Imgard Griss gegen Herbert Kickl zu tauschen. Irmgard Griss würde der FPÖ Rechtsstaat und Anstand erklären. Und Kickl könnte bei uns nichts anstellen. Weil er mit keiner einzigen seiner gefährlichen Ideen durchkommen würde.

Frage 6: *Unter welchen Umständen sollte ein/e Parteivorsitzende*r ganz sicher zurücktreten? (Mehrfaches Ankreuzeln ist möglich)*

o   das kommt drauf an (z.B. auf die Partei)

o   wenn er/sie lügt und es eh alle wissen

o   außer wegen irgendwelcher Videos eigentlich nie

x   **wann immer es der Anstand gebieten würde**

Frage 7: *Stellen Sie sich vor, Ihre Partei würde am 29. September 2019 die absolute Mehrheit schaffen. Wen würden Sie als Minister beim Bundespräsidenten vorschlagen?*

o   keine Ahnung, dazu fehlt uns wirklich die Phantasie

o   da haben wir geheime Geheimpläne, die nicht verraten werden dürfen

o   schau ma mal, dann seh ma scho

x   **Möglichkeit zur eigenen Antwort:**

Eine absolute Mehrheit für eine Partei, selbst wenn wir das sind, halten wir für sehr sehr schlecht. Die Kanzlerin könnte die Beate jedenfalls allemal ;-)

Teil2: Fragen an den/die Parteivorsitzende*n

Frage 1: *Stellen Sie sich vor, Sie müssten ein Mitglied einer anderen Partei in der Ihren als Parteiobmann/Parteiobfrau-Stellvertreter engagieren! Wer wäre das und warum?*

Wir engagieren nicht. Sondern Menschen engagieren sich aus eigenem Antrieb bei uns. So funktioniert das in einer ehrlichen und offenen Bürger_innenbewegung einfach. Bei uns wählen die Mitglieder ihre Vertreterinnen und Vertreter.

Frage 2: *Wie wir aus dem Brieferl No.177 wissen, scheint es Altkanzler Sebastian Kurz nicht gestört zu haben, vom nachmaligen und mittlerweile ehemaligen Vizekanzler HC "Bumsti" Strache "Ohrwaschlkaktus" genannt worden zu sein.*
Die Vermutung liegt nahe, dass Pflanzennamen in Politikerkreisen sehr en vogue sind, während man sich im gemeinen Fußvolk doch eher Tiernamen zu geben pflegt.
Als welche Pflanze sehen Sie sich am ehesten selbst?

Helianthus annuus[16] – weil Sonnenlicht das beste Desinfektionsmittel ist gegen dunkle Machenschaften

---

16   *"Die Sonnenblume (Helianthus annuus), auch Gewöhnliche Sonnenblume genannt, ist eine Pflanzenart aus der Gattung der Sonnenblumen (Helianthus) in der Familie der Korbblütler (Asteraceae)."*
Quelle: https://de.wikipedia.org/wiki/Sonnenblume

Frage 3: *Wer oder was nervt Sie an den anderen Parteien am meisten? Der Fairness halber in alphabetischer Reihenfolge (Sie können, müssen aber nicht die eigene Partei ausstreichen):*

Das lasse ich lieber aus. Sachliche Kritik bringe ich - wenn nötig - immer sehr sachlich und deutlich vor. Was mich vielmehr „nervt", ist keine politische Kategorie.

Frage 4: *Sie sind Kandidat*in bei der Millionenshow und dürfen EINEN Telefonjoker haben. Dieser muss Chef einer anderen Partei sein. Wen nehmen Sie und warum?*

Sicher nicht Kurz – weil die Antwort „Balkanroute geschlossen" nicht die Antwort auf alles ist.

Frage 5: *Sie müssen für ein Charity-Event bei der Bühnenaufführung eine Rolle in der "Rocky Horror Picture Show" übernehmen! Welche wählen Sie und warum?*

Den Dirigenten ;-)[17]

---

17   Gute Antwort. Falls jemand den Film nicht kennt ... es gibt keinen Dirigenten.

Frage 6 *Welches dieser Werke ist für Sie irgendwie obsolet und könnte locker entweder ersatzlos gestrichen oder zumindest durch eine neue Version ersetzt werden? (Mehrfaches Ankreuzeln ist möglich) Trauen Sie sich ruhig. Immerhin gibt es auch Punkte für Ehrlichkeit!*

o   Die Bundeshymne (die ist so fad, da geht noch mehr)

o   Die Verfassung (ist eh schon so alt)

o   Die EMRK (zu europäisch)

X   **Möglichkeit zur eigenen Antwort:**

Die Gewerbeordnung

Frage 7: Bitte wählen Sie jeweils eine Alternative:

o Pinky	oder	Brain o
	Pink Brain ;-)	
o Romeo	oder	Julia o -
	Die Nachtigall	
o Edison	oder	**Tesla x**
x Spongebob	oder	Taddäus o
x Mozart	oder	Wagner o
o Scarlett	oder	**Rhett x**
o Stones	oder	**Beatles x**
x Starks	oder	Lannisters o

PLATZ

Punkteanzahl : 27

GRÜNE

Bereits am Dienstag, 18. Juli 2019 ging um 08:48 in der Früh die Antwort der Grünen mit folgendem Text ein.:

Sehr geehrte Frau Kickl,

Vielen Dank für Ihre Anfrage. Im Anhang sende ich Ihnen die Antworten der Grünen zu Ihrem Führer durch den Wahlkampf zu und hoffe auf ein paar Pluspunkte wegen guter Führung und schneller Antworten ;)
Ich bitte um eine kurze Empfangsbestätigung, wenn unsere Antworten bei Ihnen eingegangen sind.

Vielen Dank!

Mit freundlichen Grüßen,
DIE GRÜNEN
<u>Anmerkung:</u> den Namen der Dame lasse ich wegen Wahrung der Persönlichkeit weg. Aber es war einer dabei!

Sie waren damit die Ersten und stolze Besitzer von 6 Einlangungs-Punkten. Was die Ehrlichkeit anbelangt, konnte ich auch die vollen 6 Punkte vergeben. Alle Fragen wurden beantwortet, was weitere 14 Punkte gebracht hat. Und einen Extra-Bonus-Punkt haben sie bekommen, weil sie bei Frage 3 an den Parteivorsitzenden sich selbst nicht ausgespart haben.

Viel Vergnügen mit den Antworten der Grünen!

Fragebogen GRÜNE
(tatsächlich und wahrhaftig
von der Partei SELBST ausgefüllt)

Teil 1: Fragen an die Partei insgesamt

Frage 1: Was waren die größten Leistungen der Partei zwischen 18. Dezember 2017 und 28. Mai 2019? Diese sind mit Links aus "gewissen Medien" zu belegen. Also entweder von Standard, Kurier oder Falter. Bedanken Sie sich dafür beim ehemaligen Innenminister!

o Es gibt uns wieder! – Ganz nach dem Motto: umfallen, aufstehen, Krone richten, weitermachen:

https://kurier.at/chronik/wien/wiener-gruene-eine-muehsame-neuaufstellung/400048484

o Die Inititiative Ausbildung statt Abschiebung von Rudi Anschober:

https://kurier.at/politik/inland/anschober-ueber-asylwerber-hunderte-lehrlinge-vorabschiebung/400420034

o Der Europaabgeordnete Thomas Waitz konnte bessere Bedingungen für Tiere auf innereuropäischen Tiertransporten erkämpfen:

https://www.derstandard.at/story/2000096861551/gegen-kuerzere-und-artgerechteretiertransporte-gibt-es-widerstand

Frage 2: *Um mit Gernot Blümel zu sprechen ... Welchen Blödsinn hat die Partei zwischen 18. Dezember 2017 und 28. Mai 2019 verzapft?*

o   Wir verzapfen grundsätzlich keinen Blödsinn
o   Puuh, da gibt's so viel, wir wüssten nicht, wo beginnen
o   Das ist ja Blödsinn, was Sie da fragen!
x   **Möglichkeit zur eigenen Antwort:**

Den größten Blödsinn haben wir schon vor dem 18. Dezember 2017 verzapft. Alles danach war Schadensbegrenzung.

Frage 3: *Beschreiben Sie mit 3 Adjektiven, warum irgendein Wähler sein Kreuzerl ausgerechnet bei Ihrer Partei machen soll.*

nachhaltig – ein Grundsatz unserer Politik (man wird uns ja doch nicht los)
ehrlich – wir sagen, wies is, auch wenn das manchmal unangenehm ist
sauber – in jeder Hinsicht, außer vielleicht die Küche in unserem Wahlkampfbüro

Frage 4: *Stellen Sie sich vor, Sie können EINE EINZIGE Maßnahme für Österreich umsetzen, die von den anderen Parteien nicht rückgängig gemacht werden kann. Welche wäre das und warum?*

o   Wir führen die Monarchie ein und krönen den/die
       Vorsitzenden zum/zur Kaiser*in

o   Wir lassen alle Ausländer ausweisen

o   Wir verschenken Tomatenpflanzen an alle, weil es
       dann keine Armut mehr gibt. Die dazu passenden
       Terrassen liefern wir bei Bedarf nach.

x   **Möglichkeit zur eigenen Antwort:**

Nach langer Diskussion in den Gremien hätten wir es be-
stimmt schon auf

• gratis Öffis

• eine ökosoziale Steuerreform

• 50/50 Frauenquote in allen öffentlichen und nichtöffentli-
chen Bereichen

• und Umstellung der gesamten Landwirtschaft auf Bio-Be-
trieb eingeschränkt.

*Frage 5: Stellen Sie sich vor, Sie müssten einen Abgeordneten
zum Nationalrat Ihrer Partei gegen einen Abgeordneten zum
Nationalrat einer anderen Partei tauschen. Wer sind die beiden und warum? Und schreiben Sie jetzt nicht, dass Sie das
niemals tun würden, bitte!*

Bis zum 29. September 2019 tauschen wir Herbert Kickl sofort
gegen Werner Kogler. Es wäre für alle besser, wenn der Herr
Ex-Innenminister nicht mehr im Nationalrat vertreten wäre
und stattdessen Werner Kogler ab sofort auch im Parlament

sinnvolle und notwendige Umwelt- und Sozialpolitik machen könnte.

Frage 6: *Unter welchen Umständen sollte ein/e Parteivorsitzende*r ganz sicher zurücktreten? (Mehrfaches Ankreuzeln ist möglich)*

o   das kommt drauf an (z.B. auf die Partei)
o   wenn er/sie lügt und es eh alle wissen
o   außer wegen irgendwelcher Videos eigentlich nie
x   **wann immer es der Anstand gebieten würde**

Frage 7: *Stellen Sie sich vor, Ihre Partei würde am 29. September 2019 die absolute Mehrheit schaffen. Wen würden Sie als Minister beim Bundespräsidenten vorschlagen?*

o   keine Ahnung, dazu fehlt uns wirklich die Phantasie
o   da haben wir geheime Geheimpläne, die nicht verraten werden dürfen
x   **schau ma mal, dann seh ma scho**
x   **Möglichkeit zur eigenen Antwort:**

ev gar keine Minister – nur Minister*innen

Teil2: Fragen an den/die Parteivorsitzende*n

Frage 1: *Stellen Sie sich vor, Sie müssten ein Mitglied einer anderen Partei in der Ihren als Parteiobmann/Parteiobfrau-Stellvertreter engagieren! Wer wäre das und warum?*

Julia Herr. Da sie schon die grünen Themen aufgreift, kann sie gerne gleich bei uns mitmachen.

Frage 2: *Wie wir aus dem Brieferl No.177 wissen, scheint es Altkanzler Sebastian Kurz nicht gestört zu haben, vom nachmaligen und mittlerweile ehemaligen Vizekanzler HC "Bumsti" Strache "Ohrwaschlkaktus" genannt worden zu sein.*
Die Vermutung liegt nahe, dass Pflanzennamen in Politikerkreisen sehr en vogue sind, während man sich im gemeinen Fußvolk doch eher Tiernamen zu geben pflegt.
Als welche Pflanze sehen Sie sich am ehesten selbst?

Es gibt da doch dieses Unkraut, das überall wächst und nicht umzubringen ist – Giersch. Ich glaub, das trifft's am besten.

Frage 3: *Wer oder was nervt Sie an den anderen Parteien am meisten? Der Fairness halber in alphabetischer Reihenfolge (Sie können, müssen aber nicht die eigene Partei ausstreichen):*

FPÖ - die ganze Geschichte

Grüne - die ewigen Diskussionen

JETZT - die kurze Schwammerlsaison

NEOS - die großen Spenden

ÖVP - die fehlende Obmanndebatte

SPÖ - die letzten Leihstimmen

Frage 4: *Sie sind Kandidat*in bei der Millionenshow und dürfen EINEN Telefonjoker haben. Dieser muss Chef einer anderen Partei sein. Wen nehmen Sie und warum?*

Sebastian Kurz – hinter dem steht der teuerste Beraterstab

Frage 5: *Sie müssen für ein Charity-Event bei der Bühnenaufführung eine Rolle in der "Rocky Horror Picture Show" übernehmen! Welche wählen Sie und warum?*

Riff-Raff. Der hat die besten Soli.

Frage 6: *Welches dieser Werke ist für Sie irgendwie obsolet und könnte locker entweder ersatzlos gestrichen oder zumindest durch eine neue Version ersetzt werden? (Mehrfaches Ankreuzeln ist möglich) Trauen Sie sich ruhig. Immerhin gibt es auch Punkte für Ehrlichkeit!*

o   Die Bundeshymne (die ist so fad, da geht noch mehr)

o   Die Verfassung (ist eh schon so alt)

o   Die EMRK (zu europäisch)

x   **Möglichkeit zur eigenen Antwort:**

End of History – Gegen allen Widerstand ist die Klima-, Verkehrs- und Energiewende endlich umzusetzen!

Frage 7: *Bitte wählen Sie jeweils eine Alternative:*

o Pinky	oder	**Brain x**
o Romeo	oder	**Julia x**
o Edison	oder	**Tesla x**
x Spongebob	oder	Taddäus o
x Mozart	oder	Wagner o
x Scarlett	oder	Rhett o
o Stones	oder	**Beatles x**
x Starks	oder	Lannisters o

Das waren sie also, die Fragebögen. Vielleicht können sie mithelfen, deine Entscheidung leichter zu treffen, wen du am Sonntag, 29. September 2019 wählen wirst.

Wichtig ist auf jeden Fall, sich an der Wahl zu beteiligen. Wahlen sind nichts selbstverständliches, sie sind DER Ausdruck wahrhaftiger Demokratie.

"Die wirkliche Demokratie ist mit dem grundlegenden Problem behaftet, dass sie auf Voraussetzungen beruht, die sie erst schaffen muss. Sie beruht auf dem Leitbild des mündigen Bürgers. Mit ihm steht und fällt die Idee von Demokratie."[18]

Lassen wir uns also nicht einlullen von schönen oder auch hetzerischen Worten.

Lassen wir uns nicht erzählen, welche Opfer gebracht werden müssen, um Ziel x oder Dogma y zu erreichen.

Die am Freitag, 19. Juli 2019 verstorbene ungarische Philosophin Agnes Heller hat gesagt:

"Der Sinn des Lebens ist zu leben"[19]

Welche Partei ist es, die DICH *"leben"* lässt?

---

18   *"Warum schweigen die Lämmer – Wie Elitedemokratie und Neoliberalismus unsere Gesellschaft und unsere Lebensgrundlagen zerstören"* von Rainer Mausfeld, Seite 177

19   *Der Sinn des Lebens ist zu leben* – sz-magazin.sueddeutsche.de, 29.01.2019